رواية

المتبناة

د. جُمان الريحاني

إهداء..

إهداء إلى أصحاب الطموح الذين لا يتوقفون

إهداء إلى الذين يمتلكون موهبة

إهداء إلى كل من يؤمن بنفسه

إهداء إلى من يعلم بان تكون أنت هو أفضل ما في العالم والباقي هي مجرد أمور تحدث وأحيانا لا تحدث

جمان الريحاني

طموح فتاة

نسيبة ابنة العشرينات، في عمرها واحد وعشرون سنة تزوجت في بداية حياتها وتحصلت على الطلاق سريعا لأنه لم يكن زواجا متكافئا ولا زواج عن حب.

إلا أن نسيبة كانت متشوقة جدا لخوض تجربة الزواج وهذا ما جعلها تتسرع في اتخاذ قرار أدركت فيما بعد بأنه لم يكن القرار الصائب.

في فترة ما في الحياة سابقا كان الزواج يمثل حلا بالنسبة للفتيات خاصة، فقد كان هو السبيل للهروب من مشاكل بيت الأبوين إلا أنه إن لم يكن زواجا ناجحا فانه ينقلب إلى جحيم أعظم من الذي كانت تعيش فيه الفتاة سابقا.

تلك كانت هي الظروف التي جعلت نسيبة تتزوج في سن صغيرة ولكنها عندما اكتشفت خطأها لم تعض على الجرح وتتحمل بل صححت الخطأ بأن فكت تلك الشراكة التي لم تكن لصالحها بكل تأكيد.

في تلك الفترة كان الطلاق بمثابة الفضيحة ولكن لم تكن نسيبة لتصبر لمجرد رأي الناس في الطلاق بل تخلصت من مشكلتها وأرادت أن تغير حياتها إلى الأفضل.

لقد كانت فتاة مقبلة على الحياة ولديها الكثير من الأحلام التي تحلم بتحقيقها فهي لم تكن فتاة عادية ولم تكن لتتأقلم مع وضع لا تحبه ولا ينال إعجابها.

حلم الهجرة

أكبر حلم كان يراودها هو الهرب من واقعها إلى واقع أفضل بكثير، لقد كانت تحلم بأن تعبر إلى الضفة الأخرى.

لقد كانت ترى بان الحياة في الغريب تناسبها كثيرا فهي ليست ككل فتيات البلد، لا هي صبورة ولا سريعة التأقلم مع المشاكل ولا تحبذ أن تحمل هموم الناس على ظهرها.

لقد كانت تفكر بنفسها أولا وقبل كل شيء ولم يكن ذلك أنانية منها بل حب لذاتها وتقديرا لنفسها.

لقد كانت نسيبة ترى بأن حياتها في بالها لا تناسبها وقد تناسب الكثير من الفتيات غيرها إلا أنها لا تناسبها هي.

لقد كانت ترى بان المستقبل الذي أمامها سيكون كحياة والدتها وربما اقرب من ذلك كحياة أختها التي لا تطيق حياتها.

تزوجت أختها في سن صغيرة جدا واليوم ليس لديها هدف في الحياة إلا الإنجاب.

هناك فئة من النساء ترى بأن نجاح المرأة يعني الزواج

وفئة أخرى ترى بان المرأة الناجحة هي المرأة المنجبة، نجاح المرأة في الإنجاب.

وأخت نسيبة كانت تلك الفئتين معا وخاصة الثانية، لقد كان كل همها الإنجاب وهي متمسكة بزواجها إلى

أقصى الحدود ولا يهمها كل ما يحدث من مشاكل بينها وبين زوجها لأنها تدرك يقينا بان الرجل على حق في اغلب الأحوال.

وعندما لا يكون على حق فانه يرى الأمور بطريقته الخاصة ويحب حسابا ليوم آخر

أي أن الرجل لديه نظرة للمستقبل ولا يركز على ما هو اقرب إلى أنفه فقط.

لقد تزوجت أختها في سن مبكرة فكان أول طفل أنجبته في عمر السابعة عشر وأصبحت أما في سن صغيرة.

واليوم وبعد مرور سنوات عديدة فقد أصبح لديها ثلاث أولاد ذكور وهي حامل أيضا في هذه الفترة بطفلها الرابع الذي تتمنى لو انه فتاة.

تزوجت نجود أخت نسيبة ابن عمتها الذي يكبرها بعدة سنوات وهي سعيدة جدا بحياتها مع البناء سيد أحمد الذي لم يكمل تعليمه في المدرسة الإعدادية مثلها هي فقد توقفت عن الدراسة في وقت مبكر جدا لأنها لم

تكن تحبها وكانت تفكر كثيرا في بناء أسرة والزواج والإنجاب.

توقف سيد احمد عن ارتياد المدرسة وتوجه إلى عالم العمل وهو لا يزال مراهقا.

كان يكبرها بتسعة سنوات ونجود تكبر أختها الوحيدة نسيبة بخمس سنوات وقد كان الفرق بينهما واضحا

ويرجع السبب في ذلك إلى أن نسيبة جميلة جدا ويافعة وتحافظ على شكلها، فقد كان لها جسد ممشوق وشعر حرير وعيون واسعة، ملامحها عربية وسمراء قليلا.

لم تنجب نسيبة من زواجها الذي لم يدم طويلا، ولم تسمح للسمنة بالمرور إلى جسدها

أما بالنسبة للدراسة فقد واصلت دراستها حتى الثانوية ولكنها لم تجتز امتحان البكالوريا وذلك لانشغالها بالشباب والفتيان.

لقد كانت تحب الشبان كثيرا، وكثيرا ما تخرج للهو معهم وحتى الغياب عن الصفوف من أجل مواعدة شاب ما.

لقد كان لديها تفكير متحرر فقد كانت منفتحة على العالم الغربي ولها تصرفات قد تبنتها من هناك وأصبحت تتعامل لها رغم أنها في مجتمع محافظ ومثل تلك التصرفات لا تناسب مجتمعها ولا طريقة تفكير الناس المحافظين.

العمل من أجل إيجاد الذات

بعد مرور الزمن وعندما أصبحت نسيبة اكبر سنا وبعد أن خرجت من المدرسة ولم تعد فتاة صغيرة ولا مبرر لخروجها من البيت ودخولها في وقت متأخر تغيرت معاملة والديها لها.

لقد أصبح عيبا خروجها مع الشباب وهذا ما جعل والدتها تتحكم بها وتقيد حركتها ولكن الأمر لم ينل إعجابها.

لقد أصبحت والدتها تنتقدها كثيرا وتعيب على كل تصرفاتها وتخبرها بان الناس يتكلون عنها وهي سوف تفسد لهم سمعتهم كعائلة.

لم يكن ذلك كلام الأم بل كان ينبع من تحريض الأخت الكبرى نجود التي كانت في الحقيقة تغار كثيرا من نسيبة لعدة أسباب
.

كانت تغار من جمالها وشبابها

كانت تغار من مستقبلها الذي تتوقع انه سوف يكون جميلا يشبهها

كانت تغار من الأسرة التي قد تكونها في يوم من الأيام

ورغم أنها كانت ناجحة في نظرها ولديها عائلة زوج وأطفال إلا أنها كانت تغار من الحرية التي تتمتع بها أختها الصغرى نسيبة وخروجها كل فترة مع شاب مختلف.

لقد كانت غيرة أخوات وغيرة نساء وإحساس نجود بأنها دائما اقل من أختها والخوف من أن يكون مستقبل

أختها مزهرا وان يحمل لها الأمور الجميلة التي لم ترها هي في حاضرها.

من أجل أن تخرس نسيبة الألسن وأن تسكت الأفواه قررت بعد تفكير أن تجد عملا لكي تصبح حرة في الخروج وقت العمل والدخول وقتها المعتاد للعودة.

في بداية الأمر لم توافق والدتها على الأمر ولكنها خضعت لقرار ابنتها التي كانت متمسكة به كثيرا ولم تكن لترجع عن قرارها أبدا.

لم يكن الحصول على عمل بالأمر الهين على فتاة لا تمتلك شهادات ولكنه كان من السهل على فتاة جميلة أن تتوظف في مكان ما.

وفي نهاية المطاف تحصلت على عمل في صالون للحلاقة النسائية، فهي لم يكن لديها أي اعتراض على نوع العمل المهم كان بالنسبة لها أن تتحصل على بعض الحرية التي فقدتها بعد أن توقفت عن مزاولة الدراسة.

أرادت أن تجعل والدتها وأختها تتوقفان عند حدهما
وان لا تتدخلا فيها مرة أخرى.

العمل والحفاظ على الجمال

هكذا أصبح الأمر أفضل بعد أن تحصلت نسيبة على عمل في ذلك صالون التجميل النسائي، فقد أصبحت تخرج ولا يوفقها أحد

وحظيت بالاستقلالية وأفادها الراتب الذي تتقاضاه، كما انه كانت هناك امتيازات أخرى في عملها هذا ومنها أنها تعلمت كيف تعتني بجمالها أكثر.

لقد أصبح بإمكانها ابتياع مستحضرات التجميل لأنها تحب كثيرا أن تتزين فهي تهتم بشكلها ولا يمكن أن

تغير عادتها بان تكون الأجمل في تلك المنطقة على الإطلاق.

كما انه يمكنها في مكان عملها أن تقوم بتسريح شعرها كلما احتاجت لفعل ذلك، وبالمجان وهذه كانت من أجمل ميزات العمل في صالون تجميل.

لقد تعلمت نسيبة في عملها هذا الكثير من الأمور التي ساعدتها على الاعتناء بجمالها والمحافظة على أنوثتها.

إلا أن عملها هذا لم يردع أختها التي كانت تغار منها كثيرا عن مضايقتها ولم تتوقف عن تحريض والدتها.

كانت نجود بدينة مقارنة مع أختها نسيبة، وسمراء ولم تكن جميلة ولا بمستوى جمال أختها، كما أنها كانت هرمة بعض الشيء، ولها بطن مترهلة لأنها قد حملت ثلاث مرات وهاهي حامل للمرة الرابعة ولم تكن تعتني بجسمها.

لقد كانت نجود من النوع من النساء التي لا تولين عناية بأنفسهن بل تعيش على طبيعتها وتتأقلم مع كل تغيير يطرأ عليها.

كانت لديها طريقة تفكير امرأة من العصر الحجري التي لا تعرف بان العالم قد تغير وعليها أن تعتني بنفسها يوميا.

كانت امرأة مهملة لنفسها بطريقة كبيرة جدا بطنها مترهل بسبب الحمل المتكرر وعدم الاهتمام بنفسها، وأيضا أثداؤها كانت مترهلة وبحالة سيئة جراء الرضاعة الطبيعية لأطفالها والتي تفوق المعدل الطبيعي للنساء، فقد كانت تواصل إرضاع أحدهم لمدة سنتين كاملتين وبدون انقطاع ولا راحة وربما تتجاوز المدة السنتين بعدة أشهر، وأيضا جراء الإهمال وعدم الاهتمام.

لقد كانت امرأة منشغلة على الدوام إما أنها حامل أو ترضع أو تحاول الحمل من جديد.

لم تكن تعتني بجسدها وغير متصالحة مع جسدها ومع نفسها.

ولئن هذا كان هو أسلوبها في الحياة وطريقة تفكيرها فقد جلست مع والدتها في يوم من الأيام وقالت لها:

والدتي العزيزة لدي ما أصارحك به

الوالدة:

وما هو؟

نجود:

اسمعي لقد كنت أفكر كثيرا في الفترة الأخيرة

الوالدة:

اخبريني ما الذي كنت تفكرين فيه

نجود:

الأمر يتعلق بنسيبة

الوالدة:

وما بها نسيبة هذه المرة أيضا؟

نجود:

أمي أنا لا اتفق معك في أن تتركيها تخرج وتدخل براحتها هكذا سوف تسيب وتسير على حل شعرها سوف تسلك طريق السوء

الوالدة:

لا تقولي هذا الكلام على أختك

نجود:

ولكن يا أمي أنا لا أقول إلا الحقيقة

الوالدة:

أية حقيقة؟

نجود:

أنا خائفة عليك سوف تجلب لكم العار

الوالدة:

لما تقولين هذا الكلام؟

نجود:

أمي ألا ترين أنها تعمل وتخرج كل يوم

الوالدة:

وما العيب في ذلك حتى أنها تعطيني بعض المال مما تتقاضاه وهذا المال يساعدني في البيت

نجود:

أمي لا تقولي هذا الكلام، ما نفع المال عندما تفضحكم أمام الناس

الوالدة:

ولكن لما ستفضحنا؟

نجود:

أمي إنها فتاة وسوف تسلك الطريق الأعوج

الوالدة:

ومن نبأك بذلك؟

نجود:

أنا اعرف ذلك فانا امرأة واعرف كيف قد تفكر نسيبة

الوالدة:

أو ليت أنا أيضا امرأ واو لست والدتها فلما كل مرة تتدخلين في الأمر

نجود:

أنا لا أتدخل أنا أنصحك

فأنت لا تسمعين ما يقوله الناس

الوالدة:

وما الذي يقوله الناس هذه المرة؟

نجود:

أمي محل الحلاقة لا يستقبل إلا الفتيات المنحلات والعاهرات وان كانت ابنتك بريئة كما تقولين فانا متأكد بان الزيونات سوف يلقنها الكثير من الدروس وسوف سيسر الماء من بين أرجلك ولن تشعري به حتى.

الوالدة:

لا عليك من هذا الكلام

نجود:

أمي كوني واثقة سوف تصبح ابنتك واحدة منهم أن لم تحترسي جيدا

الوالدة:

وما الذي تريدين مني فعله؟

نجود:

أريد الخير لك ولها

الوالدة:

وما هو الخير في رأيك؟

نجود:

يجب أن تزوجيها

الوالدة:

أنت تعرفين جيدا بأن أختك ترفض الزواج بعد ما حصل معها في زواجها الأول

نجود:

وهل هي أول امرأة تتطلق، لا عليك من كلامها

الوالدة:

بالإضافة إلى أنه لن يتقدم لها أي شخص منذ عدة أشهر ربما عرف الجميع بأنها معرضة عن الزواج.

نجود:

أمي يجب أن ترغميها لا يجب أن تتساهلي معها، اللين لا ينفع مع الفتيات بالرأس الصلبة

الوالدة:

أرغمها؟ أرغمها على ماذا؟

نجود:

على الزواج

الوالدة:

الزواج بمن؟

نجود:

اسمعي .... فلان صديق زوجي .... يريد الزواج وقد أقنعه زوجي بأن أختي نسيبة تناسبه

الوالدة:

أليس مطلقا؟

نجود:

أجل، وهل الطلاق يعيب الرجل؟ الرجل رجل ولا يمكنك أن تعييبه بالطلاق

الوالدة:

ولديه أولاد؟ ألم اسمع بأنه يفكر في أن يتصالح مع زوجته

نجود:

لا لم يتصالح معها بعد وهو مقتنع بنسيبة ولا ضرر في أن ترجع إليه طليقته فهي في الأول والأخير والدة أطفاله وسوف تعامل نسيبة على أنهما أخوات.

الوالدة:

هل هو يطلب أختك لكي تصبح ضرة؟

نجود:

لا قلت لك لم يتصالح مع زوجته بعد ولكن هناك احتمال أن ترجع إليه أن سمعت بأنه ينوي الزواج أو تزوج لذا هو يريد أن يتمم الأمور بسرعة وفي سرية تامة لكي لا تمنعه طليقته من الزواج.

الوالدة:

غريب هذا الرجل

نجود:

وما دخلنا نحن كلم ما يهم هو أن تتزوج نسيبة وان تزيح عن ظهرك حملها الثقيل فحمل العزباء أعظم من حمل المطلقة أو الأرملة.

لأنه من السهل أن تجعلي المطلقة تتزوج والأرملة كذلك ومن الصعب أن تقنعي العزباء بالزواج وكلما كبر سنها كلما أصبحت تتملك برأيها أكثر...

صدقيني يا أمي بعد عدة سنوات سوف تمنعك حتى من مفاتحتها بالأمر وسوف تخبرك بأنها سوف تختار شريك حياتها بنفسها وفي الوقت الذي ترى هي بأنه مناسب.

زواج بالإرغام

اقتنعت الوالدة بكلام ابنتها نجود والذي يبدو حكيما من وجهة نظرها ومن خلال طريقة طرحها للموضوع.

تدبرت نجود كل الأمور وأقنعت زوجها بان يحضر صديقه إلى بيت أهلها من أجل أن يطلب نسيبة للزواج.

كان الرجل يكبر نسيبة بسنوات عديدة وفي ه من العيوب الكثير، وأهمها انه لم يكن متحمسا للزواج بها

وكأن صديقته قد أرغمه على فعل ذلك بكثير من الحماس والإقناع والكثير من الكلام على أخت زوجته.

وبعد أن عرفت نسيبة بالأمر حاولت الأم وابنتها نجود أن يقنعوا نسيبة بالأمر لقد كان الأمر سهلا بالنسبة لهما فقد كانتا تحاولان إغرائها بالحياة التي تنتظرها والزواج والجهاز والمهر والحنة وحفلات الزفاف المختلفة وتلقي التهاني وما إلى ذلك.

اقتنعت نسيبة بكل شيء ما عدا أمر واحد كان قد نسيه الجميع وهو اقتناعها بالعريس بالشخص نفسه.

لقد تم إغراؤها بالزفاف والحياة الزوجية والإنجاب حتى ولكن لم يسلط الضوء على العريس.

كما تم تزيين كل تلك الأمور لها بالإضافة إلى أمر آخر وهو أن هذا الزوج سوف يجوب بها العالم سوف يأخذها إلى العديد من البلدان لطي ترى العالم.

رغم كل شيء ورغم أن نسيبة كانت فتاة ذكية إلا أن اللعبة قد سارت بشكل جيد واقتنعت بكلامهما المنمق.

سقطت نسيبة في الحفرة ووقعت في الفخ الذي نصبته لها أختها بالتعاون مع والدتها التي كانت تطيع الأخت الكبرى وتميل إليها كثيرا وتستمتع إلى كلامها.

هكذا اقتنعت نسيبة وتزوجت بالرجل الذي اختارته لها أختها وزوج أختها.

وبعد أن اختفى لمعان الزفاف والحفلات وكل تلك الأمور وبعد أن ذاب الثلج ظهرت الحقيقة.

بعد فوات الأوان اكتشفت نسيبة بان كلما قيل لها لم يكمن إلا مجرد أكاذيب ولا يوجد أي أمر صحيح في الموضوع.

لم يكن ذلك الرجل يشبه فارس أحلامها ولا الزوج الذي لطالما حلمت به بنسبة واحد بالمائة، لم يكن يشبه أي رجل قد تحلم به فتاة.

اكتشفت أيضا بأنه قد تزوجها طمعا في جمالها وصباها وشبابها اليانع اليافع ولم يكن مقتنعا بزواجه

بل وكأنما كان ينظر إلى الأمر على انه مجرد نزوة، أو ربما اعتبرها زوجة ثانية من أجل نزواته.

لقد أراد ذلك الرجل أن يسيطر عليها وان يتحكم فيها وفي حياتها وهي لم تتعود أن تسجن بهذه الطريقة.

لم تكن هناك أية مشاعر متبادلة ولا حتى الاحترام فهو لم يكن موجودا أيضا، وخاصة بعد أن كشف الستار على كل تلك الأكاذيب.

مرت نسيبة بتجربة صعبة جدا وأصعب أمر كان ما شعرت به في غرفة النوم، فقد كان الزوج أنانيا جدا في غرفة النوم والفراش، ولم تكن العلاقة الزوجية الحميمة كما توقعتها أبدا، ولم تكن لتتوقع حدوث مع حدث معها أبدا.

لقد كانت علاقة غريبة جدا، علاقة غريبة من نوعها وهذا ما جعل نسيبة تقتنع بان الحل هو الهروب والفرار من ذلك الجحيم الذي أقنعوها بأن اسمه زواج.

الطلاق والهروب من الزواج الفاشل

توجهت إلى بيت أهلها فلا وجهة أخرى لديها، وبقيت هناك لعدة أيام.

في تلك الفترة حاولت والدتها أن تقنعها بالعودة إلى زوجها ولكن كل الأعذار لم تنفع ولا كل المبررات وقد رفضت العودة قطعا.

فشلت كل محاولات الصلح لدرجة أن نسيبة قد هددت والدتها بالانتحار وقالت لها:

قلت لك يا أمي أنا لن أرجع إليه أبدا ولو كان على جثتي

الوالدة:

فليهدك الله يا ابنتي انه زوجك هل سمعت عن أية امرأة عاقلة تترك بيت زوجها

نسيبة:

لا أريده، ألا تفهمون لا أريد العودة إليه

الوالدة:

توقفي عن تصرفات الأطفال وعودي إلى بيت زوجك فلا مكان يناسب الفتاة إلا بيت زوجها

نسيبة:

ليس بيتي وذلك الرجل لم يعد زوجي ولا أريد أن اسمع منكم أية كلمة إضافية ألا يكفي كل تلك الأكاذيب التي قلتموها لي

الوالدة:

الأكاذيب؟

نسيبة:

رجل رائع، سوف يجوب بك العالم.... وغيرها

الوالدة:

آه توقفي عن التصابي ولما عساك تريدين أن تزوري العالم أنت بيت زوجك ولم تستطيعي البقاء فيه ليومين

أنت ابنة عاقة

نسيبة:

أنا عاقة؟

الوالدة:

أجل أنت ابنة عاقة وتحبين افتعال المشاكل

نسيبة:

اعتبريني ما يحلو لك ولكنني لن أرجع إلى ذلك البيت،

ولا أريد رؤية ذلك الرجل الهمجي المتوحش

الوالدة:

أوف وتقولين عنه هذا الكلام

لا يصح يا ابنتي

لا يصح أن تقولي مثل هذا الكلام عن زوجك

نسيبة:

أمي..

أمي..

ألا تسمعينني..

قلت لك لم يعد زوجي أريد الطلاق

الوالدة:

أوه يا للفضيحة أنت سوف تجلبين العار لنا بدون شك

نسيبة:

العار، أنت لا تفكرين إلا بالناس وأنا لم يفكك ربي أي أحد أبدا

الوالدة:

أجل ولما أفكر بالناس سوف يتناولوننا بالكلام لأنه لم يمر الوقت الكثير على زواجك أيتها الشقية

نسيبة:

هل أقول لك شيئا؟

الوالدة:

قولي فأنت تقولين كلما يجعلني سعيدة

نسيبة:

اسمعي إنها آخر كلمة سوف أقولها لك ولن أكررها
أبدا

أنا لن أرجع إلى ذلك الرجل وإن فكرتم في أن
تغصبونني على العودة هل تعلمين ما الذي سوف
افعله؟

الوالدة:

ماذا؟

نسيبة:

سوف اقتل نفسي وسوف ترين بأنني أعني ما قلته.

سوف اقتل نفسي وسوف ترين

سوف أقتل نفسي يا أمي

وبدأت نسيبة في الصراخ وهي تضرب وجهها وهذا
ما جعل الأم تخاف من رد فعلها لذا فقد قررت أن
تطلب من الرجل أن يطلقها لكي لا تخسر ابنتها.

العودة إلى العمل

بعد مدة م بقاء نسيبة في بيت أهلها ونظرا لصعوبة الوضع وعنادها وإصرارها على رأيها، تحصلت على الطلاق ولم تعد إلى ذلك الرجل الذي عاشت معه أصعب تجربة قد تمر بها أية فتاة أو امرأة وخاصة فتاة في بداية مشوار حياتها.

تجاوزت نسيبة تلك المرحلة وشفيت من تلك الأزمة بمرور الوقت فالوقت يساعد الناس على تجاوز ألآمهم وعلى تجاوز الكثير.

بعد أن أنهت عدتها وبعد مرور عدة أشهر استطاعت
أن تعود إلى عملها في نفس الصالون وقد كان الزواج
هو ما جعلها تتوقف عن مزاولة عملها إلا أن صاحبة
صالون التجميل كانت تحبها ومعجبة بتفانيها في العمل
فلم يكن لديها أي مانع من عودة نسيبة إلى عملها.

الحياة الروتينية

رجعت نسيبة إلى حياتها السابقة ولكنها لم تكن راضية عما حدث معها وليس راضية على حياتها اليوم

في الحقيقة لم تعد راضية عن وضعها وحياتها، ليست راضية على الظروف التي أوصلتها إلى تلك التجربة الصعبة وليست راضية عن حياتها الآن وبهذا الوضع.

لقد كبرت من خوض تلك التجربة وخرجت منها اكبر من سنها بكثير، وأصبح لها تفكير واعي ولم تعد ترى

الأمور بنظرة سطحية بل أصبحت تبحث عن كل شيء وراء أي تصرف.

لقد أصبحت نسيبة تفكر في حياتها كثيرا وتفكيرها في حياتها أصبح يشغل اغلب وقتها.

كانت نسيبة تلوم والدتها في ما حدث لها وكانت أيضا تقول بأنها لو كانت بلغت سن الرشد لما تلاعب بعقلها أحد.

لو كانت قد بلغت سن الرشد لتحررت من والديها ومن المجتمع واعتمدت على نفسها في بناء حياتها.

كانت نسيبة حزينة على الماضي ونادمة ولكنها أيضا حاقدة على وضعها اليوم وغير راضية بالحاضر الذي تعيشه، إلا أنها كانت مصرة على أن لا تترك المستقبل يضيع من بين يديها.

لقد أصبحت نسيبة متمسكة بالمستقبل أكثر من أي وقت مضى، إنها مقتنعة بأن هذه الحياة لا تناسبها وهناك

حياة أخرى في انتصارها ولو بذلت قصارى جهدها فإنها بلا شك سوف تصل إلى وجهتها.

الهجرة..

لقد أصبحت نسيبة مقتنعة بفكرة أن تتحرر من أهلها ومن الماضي ومن هذه الحياة التي تعيشها في الوقت الحاضر.

كان لديها حلم وقد أصبحت مصرة على تحقيق حلمها أكثر من أي وقت مضى.

في يوم من الأيام، يوم كان يشبه كل الأيام، وبينما نسيبة في عملها كالعادة حدث معها أمر غريب.

حدث معها أمر يمكن وصفه بالأمر الجيد، لقد جاءت للصالون سيدة، إنها سيدة تعيش في إيطاليا.

جاءت تلك السيدة إلى مدينة نسيبة وبالضبط إلى ذلك الصالون بفعل القدر.

لقد جاءت تلك السيدة إلى تلك المدينة لأنها مدعوة إلى حفل زفاف، وكان حفل زفاف ابنة أخيها التي ستتزوج في هذه المدينة بالذات.

أعجبت تلك السيدة بنسيبة التي كانت هي المسئولة عن تصفيف شعرها فسألتها بعض الأسئلة ثم عرضت عليها أمرا وقالت لها في حوار دار بينهما:

أنت جيدة جدا في تصفيف الشعر

نسيبة:

شكرا لك سيدتي

السيدة نسوم:

أنا لست أجاملك بل أنا أعرف التي تستطيع أصابعها
أن تتخلل الشعر فقط بحركة من يدها يمكنني أن
أعرف أية مهنة تناسبك

نسيبة:

أحقا؟

السيدة نسوم:

اسمعي لا تعتقدي بأنني أبالغ لأنني أمتلك صالون
تجميل في روما وهو صالون مشهور كثيرا هناك

نسيبة:

آه حقا آنت تمتلكين صالونا هناك

السيدة نسوم:

أجل ولدي العديد من الفتيات يعملن لدي

نسيبة:

رائع يا للروعة لقد كنت أحلم بالسفر

السيدة نسوم:

واو جيد لديك طموح إذن؟

تعجبينني أنت فتاة طموحة

نسيبة:

شكرا لك سيدي

السيدة نسوم:

وإلى أين تحلمين بالسفر؟

نسيبة:

ليس إلى بلد محدد بل أنا فقط أريد الخروج من هنا
والسفر إلى أية دولة غربية

السيدة نسوم:

جيد وسيء

من الجيد انك تريدين السفر والسيئ انه لا وجه لديك

نسيبة:

نعم أنا فقط أريد السفر

السيدة نسوم:

ولما تريدين ذلك؟

نسيبة:

لا أحب الحياة هنا

السيدة نسوم:

هل تحبين السفر إلى إيطاليا؟

نسيبة:

طبعا ومن لا يحلم بذلك

السيدة نسوم:

هل لديك أية أقارب في إيطاليا أو أية دولة غربية؟

نسيبة:

لا ليس لدي

السيدة نسوم:

كم عمرك؟

نسيبة:

عشرون سنة وقريبا سوف أصبح في الحادية
والعشرون وابلغ سن الرشد

السيدة نسوم:

جيد لك

أن تكوني تحت السن القانوني أمر صعب

نسيبة:

سوف أتحرر يوم ابلغ سن الرشد

السيدة نسوم:

أظن أن لديك فكرة تدور في رأسك

نسيبة:

نعم

السيدة نسوم:

هل يمكنني أن أعرف ما هي؟

نسيبة:

أنت يمكنك ذلك

السيدة نسوم:

أخبريني إذن

نسيبة:

أنا أنتظر أن ابلغ سن الرشد لكي اخذ حريتي

السيدة نسوم:

وكيف ستفعلين ذلك؟

نسيبة:

أنا أجمع بعض المال وأريد أن أقوم بتأجير شقة

السيدة نسوم:

إن هذه مجازفة منك كيف ل كان تعيشي لوحدك في بلد كهذا

نسيبة:

ولكن أنا غير راضية عن حياتي

السيدة نسوم:

أنصحك بالسفر

فأنت فتاة جميلة وفي رأيي أنت أجمل من هذه المدينة، السفر أفضل لك من البقاء هنا.

نسيبة:

ولكن ليس لدي جواز سفر وأيضا أنا اعرف جيدا أن السفر يتطلب تأشيرة وليس لدي من قد يوفرها لي.

السيدة نسوم:

لدي فكرة لك ولا أعرف إن كانت قد تروق لك

نسيبة:

ما هي؟

السيدة :

اقتربي لكي لا تسمعنا باقي الفتيات

اقتربت نسيبة من السيدة وقالت لها بصوت منخفض:

أخبريني..

السيدة:

ما رأيك أن تسافري إلى إيطاليا؟

نسيبة:

هل تسألينني عن رأيي..

تنفست طويلا ثم أكملت كلامها وقالت:

أنا أحلم بذلك، ولكن لا أعرف كيف

السيدة:

لا عليك دعي الأمر لي، أنا سوف أساعدك

نسيبة:

هل تعنين ذلك حقا؟

لا يمكنني أن أصدق

السيدة:

نعم وأيضا سوف أؤمن لك العمل والبيت سوف تقيمين

مع الفتيات اللواتي يعملن لدي

ما رأيك؟

نسيبة:

وماذا عن التأشيرة؟

السيدة:

أنا سوف أوفرها لك

نسيبة:

لا اصدق حقا الدنيا لا تسعني من الفرح والسعادة

السيدة:

ما عليك إلا أمر واحد

نسيبة:

وما هو؟

السيدة:

انتظري حتى تبلغي سن الرشد وجهزي بعد ذلك جواز
السفر واتركي باقي الأمور علي أنا

نسيبة:

أنا متشوقة ولست اصدق

هل تعلمين يمكنني أن اذهب معك منذ الآن

السيدة:

لا طبعا ليس الآن

الأمور لا تسير هكذا

عليك بالصبر

نسيبة:

حسنا حسنا

سوف اصبر

أنا سعيدة يا سيدتي وكثيرا

السيدة:

اصبري فقط وكل شي سوف يصبح لصالحنا فقط نحن
بحاجة لبعض الوقت

نسيبة:

بأمرك يا سيدتي

فليمر الوقت سريعا .. أرجو أن يمر الوقت سريعا.

السيدة:

لا تستعجلي فقطف الثمار بعد نضوجها يجعل الانتظار
هو أصوب تصرف

لقد كان الاتفاق أن تنتظر الفتاة حتى تبلغ سن الرشد لكي لا يتبعها أحد ولا يبحث عنها أحد.

وتصبح حرة في السفر وليس لأي أحد كلمة عليها ولا متابعها أو البحث عنها لإعادتها.

وفي ذلك الوقت عليها أن تجهز أوراقها لكي تقوم باستخراج جواز سفر

بعد مرور الوقت وبعد أن تبلغ سن الرشد وتستخرج جواز السفر يأتي دور السيدة التي قالت لها:

خذي رقم هاتفي واحتفظي به جيدا

عندما تكونين جاهز ابلغيني فأرسل إليك شخصا يأخذ منك جوازك لكي يجهز لك التأشيرة وبعدها سوف يخبرك بموعد السفر.

نسيبة:

لا اصدق هذا

السيدة:

بل صدقي ولا تخبري أحدا والآن هيا اهتمي بعملك وإلا سوف ترتاب الفتيات

نسيبة:

حسنا حسنا

هل تعجبك التسريحة يا سيدتي؟

السيدة:

طبعا تعجبني لا يمكن لهذه اليدان الجميلتان إلا صنع

ما هو جميل.

شكرا لك يا عزيزتي أنعم الله عليك بالصحة

نسيبة:

عفوا سيدتي فالقالب هو ما يغلب

وقبل أن تغادر السيدة سألت نسيبة عن شيء وقالت:

هناك أمر أخير أريد أن أسألك عنه قبل أن أغادر

نسيبة:

نعم تفضلي سيدتي

السيدة:

هل لديك مال من أجل السفر فالتأشيرة تتطلب مالا

وهذا يمكنني دفعه من أجل ولكن ماذا عن تذكرة السفر

نسيبة:

يمكنني أن أتدبر ذلك

السيدة:

وكيف ستتدبرين أمرك؟

نسيبة:

لقد كنت متزوجة ولدي بعض الذهب وسوف أبيعه من أجل السفر

السيدة:

وهل أنجبت أطفالا؟

نسيبة:

لا طبعا لا فقد تزوجت لفترة قصيرة وقصية جدا

السيدة:

أفضل لك

فاعلمي بأنه في الغرب جملك هو سر بقائك هناك

وإنجاب الأطفال كان ليفسد جسدك وان فسجد جسدك

لن يلتفت إليك أحد

نسيبة:

جيد أنني لم أنجب إذن

السيدة:

اسمعيني اهتمي بجمالك وجمال جسدك فهما ثروتك

وتذكرة عبورك إلى العالم الغربي.

الانتظار الصعب

سافرت السيدة إلى إيطاليا ولم ترها نسيبة بعد ذلك، لكن نسيبة كانت متمسكة بفكرة السفر وكانت تريد السفر حقا.

قامت نسيبة ببيع ذهبها خفية عن والدتها التي لو علمت بالأمر لمنعتها فعلا وربما لحبستها في غرفة وأحكمت غلق الباب عليها.

لم تكن الحياة على ما يرام في بيت أهل نسيبة بل كانت والدتها تضايقها كثيرا وقد عادت نجود إلى ملئ رأسها بالأفكار.

لقد كانت نجود تقول للوالدة بأن نسيبة سوف تجلب لهم العار لا محالة.

وكانت تطلب منها أن ترجع نسيبة إلى زوجها غصبا عنها، وان لم تذعن فلتزوجها لرجل آخر.

لقد قالت لها بشكل مباشر:

أمي عليك أن تسيطري على ابنتك وعليها أن تطيع أوامرك

فلترجع إلى زوجها

أو زوجيها بآخر

الوالدة:

لقد قلت لك مرارا وتكرارا بأنها ترفض العودة إلى زوجها

بالإضافة من أين لي أن أجد لها زوجا آخر

نجود:

أنت قرري أيهما هو الحل المناسب طليقها أو زوج آخر

وإن اخترت أن تتزوج بآخر سوف أجد لها زوجا.

أنا اهتم بسمعة الأسرة ولا أريدها أن تجلب لنا ولك العار

الوالدة:

حسنا سوف أرى ما يمكنني فعله

نجود:

آمي لا تتساهلي معها يجب أن تكوني صارمة

نسيبة فتاة متشردة وإن لم تحكميها سوف تجلب لك العار، أنا متأكدة من ذلك.

هجرة الجمال

أخيرا وبعد مرور عدة أشهر ونسيبة في حالة من الشجار الدائم مع والدتها بتحريض من أختها نجود وصلت اللحظة التي لطالما كانت نسيبة تحلم بها.

لقد بلغت سن الرشد وكان عيد ميلادها ذلك هو اسعد عيد ميلاد مر عليها في حياتها، لقد شعرت بأنها قد أصبحت حرة

أصبحت إنسانا

ويكنها أن تفعل ما يحلو لها

ولا يمكن لأي أحد أن يتحكم فيها بعد اليوم

منذ هذه اليوم ستكون هي وهي وحدها من لديها الحق في اتخاذ قراراتها وبكامل ملئ إرادتها.

لم تكن هذه الأسباب هي الأسباب الوحيدة التي جعلت نسيبة تفرح بعيد ميلادها بل كان السبب الرئيسي هو شوقها للسفر فهكذا فقط يمكنها السفر إلى أي مكان في العالم.

حدثت مع نسيبة في الآونة الأخيرة العديد من الأمور الرائعة، فقد بلغت سن الرشد وأصبح لديها جواز سفر وهي تنوي السفر ومستعدة لخوض المغامرة.

تحصلت نسيبة على جواز السفر والتأشيرة
وأعطت المال للرجل الذي استخرج لها التأشيرة فابتاع
لها تذاكر الطيران ذهاب وإياب إذ لا يمكنها أن تقطع
تذكرة ذهاب فقط، ولكن كانت السيدة لكي تجد لها
الإقامة بعقد العمل لديها ولم تكن لتخذلها ولا أن تتركها
لترجع إلى هذه الحياة البائسة أبدا.

وهكذا سافرت نسيبة إلى إيطاليا وتحقق حلمها بالسفر
إلى بلاد أحلامها أو بالأحرى إلى قارة أحلامها إلى
عالم أحلامها العالم الغربي.

لم تودع نسيبة أهلها بل اكتفت بترك رسالة لوالدتها وقالت لها فيها:

والدتي العزيزة

أنت تعلمين كم أحبك وكم أنا أحب كل فردا من أفراد عائلتي ولكنني أيضا أحب نفسي

أنا بينكم كنت اشعر بضياع وقد أضعت نفسي بذلك الزواج البائس الذي اعرف انه كانت من تخطيط أختي نجود

أنا أسامحك وأسامح نجود وأسامحكم جميعا

لقد سافرت ولم أسافر لم أكن لأسامح نفسي

كان يجب أن أنقذ نفسي من ذلك الجحيم الذي أعيش فيه كل يوم

أنت كنت تضغطين علي كثيرا وأعرف أن نجود تضغط عليك

ولكنني أسامحكما

لقد سافرت وتحصلت على جواز سفر وعقد عمل في إيطاليا

لا تبحثوا عني

أنا بخير وسأكون بخير

سوف اعتني بنفسي ولست بحاجة لمن يعتني بي.

كوني بخير وسوف اتصل بك عندما استقر

وسوف أرسل لك مالا كلما اشتغلت وكان لدي أكثر من حاجتي

ابنتك التي تحبك نسيبة.

خيبة الأمل

بعد أن اكتشفت الوالدة تلك الرسالة وأرسلت في طلب ابنتها نجود وأخبرتها بالأمر قالت لها ابنتها نجود وهي في حالة من الغضب الشديد:

ألم اقل لك

ألم اقل لك بأنها سوف تجلب لنا العار

يا للفضيحة

كيف سنواجه الناس الآن؟

وما عسانا نقول لهم؟

وكيف لنا أن نسترجعها

يجب أن نجدها ونسجنها في غرفة ونبرحها ضربا لكي
لا تعيد الكرة.

ولكن هل قالت إيطاليا

كيف لنا أن نعيدها إلى هنا

إيطاليا بعيدة بيننا وبينها بحر

يا إلهي ما هذه المصيبة التي حصلت لنا

لقد كنت دائما أتوقع بان نسيبة سوف تجلب لنا مصيبة

سوف تشوه لنا سمعتنا وتجلب لنا العار

هل يعقل أن يطلقني زوجي بسببها؟

لا لا يجب أن أعود إلى بيتي

اسمعي يا أمي منك لابنتك دعوني وشأني

أنا ذاهبة إلى بيتي وسوف أحاول الاعتناء بزوجي
وأولادي

سوف أفكر بنفسي مثلما تفعل ابنتك المصون التي لا تفكر بأي أحد منا

بل هي فتاة أنانية لا تفكر إلا بنفسها.

تعرضت الوالدة لوعكة صحية جراء الأحداث الأخيرة، ونتيجة لما فعلته ابنتها نسيبة وأيضا من المشاعر السلبية التي حقنتها بها ابنتها نجود وكلامها عن العار وعن هروب ابنتها إلى إيطاليا.

بعد مرور بعض الوقت تماثلت الوالدة للشفاء وتأقلمت مع الوضع ولم يكن عليها إلا تقبل الأمر الذي أصبح واقعا ولا مفر منه.

لقد كانت كل يوم تقتنع بالأمر وتصالحت مع فكرة أن ابنتها الصغرى تعيش في بلد أجنبي بل وأصبح تتباهى بها وأنها تعمل هناك وترسل لها الدولارات.

وكلما أرسلت لها ابنتها المزيد كلما سامحتها وكلما اقتنعت بان فكرة سفرها كانت لصالحهم جميعا.

أما بالنسبة لنسيبة فقد أنت سعيدة في إيطاليا ولا تصدق ما أصبح واقعا، لا تصدق بان الحياة فعلا أعطتها ما تبحث عنه.

لقد أوفت لها السيدة بوعدها وأمنت لها عملا في صالونها وهو عمل كانت تتقنه ولكنه في بلد آخر وبمرتب عال مقارنة بما كانت تتقاضاه في بلادها وذلك نظار للفرق في العملة فالدولار كان مرتفعا مقارنة بالعملة المحلية لبلدها.

حياة جديدة

بعد أن استقرت نسيبة وتأقلمت ومرت العديد من الأشهر تغيرت بعض الأمور وأصبحت السيدة تطالبها بالخروج مع أصدقائها من أجل السهر وأصبحت تطالبها بأمور كهذه.

في بداية الأمر اعتقدت نسيبة بان لديها الحق في القبول أو الرفض ولكن السيدة أظهرت لها وجهها الحقيقي وأجبرتها على أن تنفذ ما تطلبه منها وإلا اتخذت في حقها قرارا صارما.

لقد كانت تهددها بإعادتها إلى بلادها وفسخ عقد العمل كما أنها أخبرتها بأنها حالما تخبر الناس بأنها غير صالحة للعمل في إيطاليا فانه لا سبيل أمامها إلا العودة إلى بلادها.

وقد يكون الأمر أسوء من ذلك قد تبلغ عنها دائرة الهجرة وبالتالي سوف يرسلونها إلى بلادها ولن تحلم بان تطأ قدمها إيطاليا بعد اليوم مرة أخرى.

فكرت نسيبة في فكرة قد تكون مجنونة وهي أنه لو أمكنها الهرب لهربت ولكن لم يكن ذلك في استطاعتها لأنه لم يكن لديها جواز سفرها.

لقد كانت السيدة نسوم تحتفظ بجواز سفر نسيبة لأنها تعرف بأنها قد تفكر في الهرب وهي تقول بان كل الفتيات القادمات من العالم العربي قادرات على الهرب أن لم تحكمي قبضتك.

وكانت السيدة تعلم بأنها قد تجمع مالا جيدا بفضل نسيبة فكيف لها أن تتساهل معها وان تسمح لها بالهرب.

لقد كانت نسيبة مطيعة جدا وتفعل كلما يطلب منها إلى أن طلبت منها السيدة أن تخرج للسهر مع أصدقائها.

لقد عرفت بان الحياة قد تغيرت ولم يدم لمعان الحياة كثيرا.

في بداية الأمر كانت السيدة تحاول أن تعرض لها كل الجوانب الجيدة لإيطاليا وبعد ذلك طلبت منها أن تنخرط في العمل الحقيقي الذي أحضرتها من أجلها وإلا فإن مصيرها العودة إلى بلادها.

كانت نسيبة تعلم جيدا بان السبيل الوحيد لبقائها هنا هو عن طريق السيدة وهي تعيش حلمها وتجمع بعض المال فكيف لها أن ترجع إلى بلادها.

كان احتمال رجوعها بعد بكثير من أي احتمال آخر ولم تكن تستطيع أن تفكر في حصول الأمر.

كان العقد الذي أحضرت به السيدة نسيبة لمدة خمس سنوات، وكان لها أن تبقى في هذه البلاد بلاد أحلامها بصفة قانونية لمدة خمس سنوات دون أن يزحزحها أحد من هناك ودون أن تشعر هي بالقلق أو الخوف.

هذا الأمر ما جعل نسيبة تفكر في أنها لو صبرت هذه المدة ونفذت كل طلبات وأوامر السيدة فربما تستطيع أن تجد عملا آخر بعد ذلك وتخرج من سيطرة السيدة.

ولكن لم يسبق أن حظيت بأي عمل آخر غير عملها هذا.

لقد كانت الأفكار تأرجح عقلها بين هذا وذك بين ها وهناك وغيرها من الأمور.

ضغط الحياة

بعد مرور ثلاثة سنوات من أصل السنوات الخمسة ونسيبة في إيطاليا بلاد الأحلام، لم تعد نسيبة تستطيع أن تستمر في هذا العمل، لقد كان عمل من نوع لم تتوقع أنها قد تمتهنه في يوم من الأيام.

لقد أجهدت نسيبة كثيرا في ذلك العمل، وقد تعرضت للإجهاض ثلاث مرات، وفي المرة الأخيرة دخلت إلى المستشفى جراء الإجهاض الذي كان اصب من المرتين السابقتين.

اخبرها الطبيب المسئول عن حالتها بان حالتها صعبة جدا، واخبرها ارم صعب عليها تقبله، لقد قال لها بأنه لن يمكنها ن تنجب في المستقبل أبدا.

عندما سمعت نسيبة كلام الطبيب صدمت وانهارت لأنها ورغم كونها لم تكن متزوجة ولا تسعى للإنجاب، إلا أنها كانت لتريد أن يصبح لديها طفل في يوم من الأيام عندما تستقر وتتزوج

فهي لم تكن لتعيش كل حياتها بدون زوج أو شريك في حياتها، لقد كانت تعرف جيدا بأن كلما تمر به ما هو إلا مرحلة انتقالية في حياتها.

لقد كانت تكره الإنجاب المتكرر ولم تكن لتنجب مثلما تفعل أختها ولكن على الأقل طفل واحد.

لقد جعلتها صدمتها من هذا الخبر تفكر في حياتها، وتقرر بان تغير أسلوب حياتها الذي كان سيئا.

كان يجب عليها أن تجد حلا سريعا.

لقد قررت أن تتخلص من تلك الحياة برمتها، فهي لم تعد راضية ولا معجبة بأسلوب الحياة ذك.

هكذا أصبحت نسيبة تفكر ليلا نهارا في فكرة جيدة وخطة تجعلها تتخلص من السيدة.. والحياة التي قدمتها لها بكل ما فيها، ولكن بالطبع أن تبقى في إيطاليا.

لم تكن نسيبة لتفكر في العودة إلى وطنها ولا في ترك إيطاليا مهما حدث ومهما قد يحدث معها.

لقد أصبحت تشعر بأن إيطاليا هي بلدها وأنها هي جزء من إيطاليا.

لا تستطيع أن تتنفس هواء إلا هواء إيطاليا

ولا تستطيع أن تمشي على ارض إلا أرض إيطاليا.

ولا تستطيع أن تنام تحت سماء إلا سماء إيطاليا.

لم تكن نسيبة قد تعلمت اللغة الإيطالية خلال كل السنوات الثلاثة التي مرت علة وجودها في إيطاليا.

لم تكن تجيد إلا لعض الكلمات لإلقاء التحية مثلا أو
الترحيب أو الوداع.

لم تتعلم اللغة لسبب معين وهو أنها كانت تعيش في
مجتمع عربي ومع فتيات يتكلمن فقط العربية مثلها،
كما أن السيدة تحاورهم بنفس لغتهم ونفس لهجتهم
وأيضا معظم زبائنها عرب وان كان فيهم أجانب فانه
لن يكون بينهم حوار طويل وهذا بأمر من السيدة التي
لا تحب أن تتجاوز الفتيات حدودهن مع الزبائن خشية
إزعاجهن أو لأسباب أخرى.

وهكذا وعندما صارحت نسيبة السيدة نسوم والتي
اسمها نسيمة ولكن يدعونها نسوم، برغبتها في تعلم
اللغة الإيطالية وارتياد مدرسة خاصة بذلك وقد
أخبرتها برغبتها بأسلوب سلس وجميل وكانت تحاول
إقناعها بكل الأساليب هكذا رأت السيدة بأن طلب نسيبة
بريء ولا ضرر من ذلك فوافقت لها على ذلك.

لقد كانت الكلمة الأولى والأخيرة للسيدة على أي نشاط
قد تفعله الفتيات اللواتي يعملن لديها أو بالأحرى

اللواتي هي كفيلة لهن وهي السبب في وجودهن في إيطاليا.

في الحقيقة قد كن يخرجن بأمرها ويدخلن بأمرها ولا حرية لهن في فعل أي شيء إلا بأمرها.

تعلم اللغة وخطط أخرى

بدأت نسيبة رحلتها الجديدة وأصبح لها نشاط خاص تقوم بممارسته، فبدأت تأخذ دروسها في اللغة الإيطالية لدى رجل متقاعد يقوم بتدريسها لغير الناطقين بها.

ولكن نية نسيبة لم تكن حقا تعلم اللغة بل كانت لديها خطة أخرى وهي أنها كانت تبحث عن حل لحياتها.

لقد قررت أن تجعل ذلك الرجل يقع في غرامها وخاصة أنها قد اكتشفت بأنه رجل مطلق وربما لا توجد امرأة في حياته.

لقد وضعت هدفا بين عينيها وهو الزواج بذلك الرجل لكي تخرج من كل تلك المشاكل.

لقد أصبحت ترى بان الزواج به هو حل لك تلك المشاكل وهو الذي سوف يساعدها على الخلاص من تلك السيدة وأيضا سوف يكون سببا في بقائها في أيطاليا إلى الأبد.

لقد كانت تفكر وترى بأنها بزواجها به سوف تتحصل على الجنسية الإيطالية وتندمج في المجتمع الإيطالي وسوف تتقن اللغة ولن تحتاج لتلك السيدة نسوم التي تهددها بإعادتها إلى وطنها.

كما أن الزواج أفضل من الهروب وبكثير وأيضا الزواج لن يقف في وجهه أحد، حتى تلك السيدة وأن تحقق لنسيبة مرادها سوف تقف عاجزة أمام قرار الرجل ونسيبة بالزواج.

لقد أصبح كل تركيزها على ذلك الرجل الحل.

سوف يوفر لها الرجل الحماية وهو في الحقيقة ولأنه إيطالي هو أقوى من تلك السيدة وعصابتها.

كان الرجل اكبر من نسيبة بسبعة عشر عاما ولم يكن يفكر في الزواج مرة أخرى بل كان مقتنعا بحياته وبيومياتها العادية والتي لا تتغير يوما بعد يوم.

لقد بحثت نسيبة عن كل المعلومات التي تخص الرجل وحياته الخاصة فعلمت بأن له ابنتان تعيشان مع والدتهما.

وقد كانت طليقة سيد اسبانية فعادت إلى بلادها بعد الطلاق واتفقا على أن تأخذ الفتاتين معها إلى بلادها.

ورغم انه قد افترق على ابنتيه إلا أن الطلاق كان بالتراضي فقد كان رجلا طيبا ويسهل التفاهم معه كما انه قد وافق على أن تأخذ الابنتين وكان يرى بان بقائهما مع والدتهما هو أمر لصالحهما.

بينما يحظى هو بصحبتهما في العطل وبعض الأعياد، وذلك يتحدد بجدولهما فإحداهما كانت لها حياتها

الخاصة وقد كانت مخطوبة، أما الثانية فقد كانت مراهقة ويصعب التفاهم معها لأنها ترم بمرحة مراهقة صعبة بعض الشيء.

حب مزيف وزواج حقيقي

تمكنت نسيبة من لعب دور الحب على الرجل الإيطالي الذي كان يعاني من الوحدة والفراغ إلا أنه لم يكن يعترف بذلك حتى بينه وبين نفسه.

وقع الرجل الإيطالي في شباك نسيبة وقرر الزواج بها وهذا ما حصل بالفعل.

ركزت نسيبة على أمر آخر وهو أنها حاولت بكل جهدها لكي تقنع زوجها بانتقالهم إلى أي بلد أوروبي آخر وذلك لكي تبتعد عن تلك السيدة قدر الإمكان.

لقد أرادت الهرب من تلك السيدة وأن تتركها وتلك الأيام التي عاشتها لديها وراءها، كما أنها كانت حريصة على أن تحافظ على حياتها وان لا يهدد استقرارها أي أحد.

كانت الخوف يسيطر عليها فقد يحرموها من تلك الحياة التي وصلت إليها وأخيرا وبجهدها.

والخوف الأكبر كان من أصدقاء السيدة الرجال، الرجال الذين كانت نسيبة ترافقهم للسهر.

خافت أن يتتبعوا أخبارها أو أن يخبروا زوجها بعلاقاتها المتعددة قبل الزواج وبماضيها، بينما أخبرته هي بأنها فتاة سوية مستقيمة، وأقنعته ببراءتها.

وهذا سافر بها زوجها الذي أحبها حقا ولم يكن يصدق أن وقعت في حبه امرأة فتية شابة جميلة وجذابة وقررت الزواج منه.

سافر بها الزوج الذي كان يحقق لها كل ما تطلبه أو تحلم به إلى سويسرا، وكان السفر إلى سويسرا بالذات

لأن والدته كانت قد تركت له شقة هناك، ولأنها الشيء الوحيد المتبقي من والدته التي عاش منفصلا عنها قرر أن لا يبيعها.

لم يكن الرجل الإيطالي يتردد على سويسرا كثيرا رغم انه يمتلك شقة هناك ولكن عندما عرضت عليه زوجته فكرة الانتقال إلى بلد آخر اخبرها بأنه يمتلك شقة في سويسرا وهكذا انتقال إلى هنا.

شوق للعائلة

بعد مرور أربع سنوات على زواج نسيبة بالرجل الإيطالي، مرت تلك السنوات بسعادة كبيرة وقد استقرت وأخيرا.

تحقق حلمها وأصبحت من تلك القارة، وكان الزوج نعم الزوج بالنسبة لها.

فزوجها كان رجلا طيبا ومتفهما وصالحا.

كما أنها قد تمكنت من اللغة وأصبحت تجيدها.

سعى زوجها لإصلاح علاقتها بأهلها وبالفعل هذا ما حدث، ولكنها لم تزرهم.

بعد أن أخبرتهم بخبر زواجها اختفت كل المشاكل وتبخرت، وذلك رغم أن والدتها كانت تميل إليها منذ البداية لأنها قد كانت ترسل إليها المال مرة بعد مرة ولم تنسى والدتها في غربتها يوما.

ولكن اليوم عادت علاقتها بكل أفراد أسرتها وخاصة مع أختها نجود التي كانت تعاير والدتها بهروب ابنتها وسلوكها الطريق السيئ في أوروبا

أما بعد زواج نسيبة لم يعد لنجود مبرر لمخاصمة أختها أو حتى الكلام عنها بالسوء وقد طلبت منها والدتها أن تتوقف عند حدها.

لقد تغيرت نجود وأصبحت تظهر الكثير من المحبة والاحترام تجاه نسيبة وزوجها الإيطالي، ولم يتوقف الأمر عند هذا الحد بل أصبح كل أولادها فجأة يحبون

خالتها التي تعيش في بلاد الغرب، ويشتاقون لها كثيرا ويتمنون رؤية خالتهم الوحيدة.

وهكذا واصلت نجود هذا الغدق العاطفي الذي كان في حقيقته ابتزازا عاطفيا لنسيبة ولم تعد والدتها تتصل بها بمفردها بل كانت نجود حريصة على تواجدها في بيت والدتها كلما كلمت الوالدة نسيبة أو رنت نسيبة على الوالدة.

أما بالنسبة للوالدة فقد كانت تطيع كلام نجود وترسل في طلبها في كل مرة لكي تسمع مكالمة نسيبة لها، فبيت نجود لم يكن بعيدا عن بيت والدتها.

لم يكن في يد نسيبة إلا أن ترد المحبة بالهدايا، فأصبحت ترسل لهم الكثير من الهدايا والمال، وترسل لكل فرد من أفراد أسرة أختها نجود.

أصروا عليها بالعودة أو حتى فقط الزيارة.

تصالح ومصالح

قررت نسيبة أن تزور عائلتها التي ابتعدت عنها لأكثر من سبع سنوات، وبالفعل لم يكن الأمر صعبا عليها ولا على زوجها، الذي كان يرى بأنه من حقها أن تزور أهلها الذين يحبونها إلى هذه الدرجة.

جاءت نسيبة لتجد بأنها في انتظارها على أحر من الجمر، فغمروها بالمحبة والأحضان الدافئة، وأغدقت عليهم هي بالعطاء وأحضرت لهم معها الكثير والكثير من الهدايا.

لم تستطع أن تحافظ نجود على براءتها لوقت طويل وبدأت النوايا تخرج إلى السطح.

تقربت نجود من نسيبة ثم أخبرتها بأن ابنها الكبير يطلب منها أن تساعده على الهجرة.

لقد قالت لها:

أختي العزيزة والغالية نسيبة، أريد أن أفاتحك في موضوع ولكنني اشعر بالخجل والخجل الشديد منك

نسيبة:

ما الأمر، تلكمي ولا تشعري بالخجل أبدا، ماذا هنا؟

نجود:

أجل أنت تعلمين بأنك أختي الوحيدة ولو أنني أعرف كم تحبينني لما تكلمت

نسيبة:

ما الأمر؟ تلكمي

نجود:

إنه ميدو ابني الأكبر هو من ضغط علي لكي أفاتحك في هذا الموضوع ولو رجع الأمر إلي أنا لما فتحت فمي بكلمة

نسيبة:

ميدو ابنك وما به؟

نجود:

إنه يريد أن يسافر، يريدك أن تساعديه على الهجرة

نسيبة:

وماذا عنك هل ستسمحين له بالسفر؟

نجود:

أنت تعلمين كم أحب أولادي، وكم انا متعلقة بهم،
ولكنه أصبح شابا ولا عمل لديه ولم يكمل دراسته وهو
يقضي كل وقته في الشارع مع أصدقائه أو في الشجار
مع إخوته في البيت.

وعندما فاتحني في الموضوع قلت في نفسي ولما لا؟

نسيبة:

أنت تؤيدينه في موضوع السفر إذن؟

نجود:

وما العيب في ذلك، ها أنت قد سافرت ضد إرادتنا
جميعا وانظري إلى حالتك اليوم

بالإضافة إلى أنني أعلم بأنك إذا ساعدته لن تتركيه
هناك لوحده

نسيبة:

أنت لا تعرفين القوانين كم هي صارمة هنا، أسلوب
حياتنا هنا لا يتطابق مع أسلوب الحياة هناك

نجود:

ولكن أنت تأقلمت ولما لا يتأقلم ....

نسيبة:

اسمعي لا يمكنني أن أناقشك في الأمر فالموضوع
يطول شرحه ولن استطيع أن أقص عليك كلما واجهني
هناك

نجود:

نعم نعم أفهم أهم ما في الأمر أنك اليوم بحالة جيدة

نسيبة:

أعتقد أن ما يطلبه ابنك هو أمر صعب

قالت نجود وهي تزيح وجهها إلى الجانب الآخر وبلهجة حادة:

فكري في الأمر إن أنت أردت مساعدته لن يكون الأمر صعبا عليك أنا أعلم ذلك

إلا إذا لم تحب له الخير

نسيبة:

سوف أرى ما يمكنني فعله ولكنني لا أعدك بشيء

نجود:

طبعا طبعا

ميدو يقول بأنك تعيشين بسعادة مع زوجك الإيطالي هو يمكنه أن يساعده أنه رجل غني ولديك سيارتان وبين كبير وشقة

أظن أنه على الأقل يمكنكما مساعدة ميدو

أنا لم اطلب أي شيء منكما سابقا

نسيبة:

قلت لك أنا لا أعدك بشي

نجود:

على الأقل فاتحي زوجك بالأمر فهو لديه الكثير من الواسطات ويستطيع أن يساعد ميدو

أمور معقدة

بعد أن فاتحت نسيبة زوجها بأمر ابن أختها وكلمته عن رغبته في السفر والهجرة، إلا أن زوجها قد رفض الأمر رفضا قاطعا، وذلك لأسباب كثيرة ومنها انه لم يعجب بذلك الشاب الذي يظهر عليه انه غير سوي.

تمكن الرجل الإيطالي وبسهولة أن يكتشف بأن ابن أختها غير مستقيم وانه ربما يعاقر الممنوعات ربما بعض المخدرات كما أنه كان شابا عصبيا ويتشاجر مع إخوته كثيرا، سريع الغضب ويصرخ كثيرا.

هذا الأمر الذي دخل في الوسط قد خلق المشاكل بين نسيبة ونجود، نجود كانت ترى بأن أختها تحسدها هي وأولادها ولا تحب لهم الخير.

ونسيبة كانت ترى بأن مع زوجها حق وأن نجود تحاول استغلالهما وابنها بالفعل لم يكن يصلح لموضوع الهجرة ولا يستحق المساعدة.

ولكي لا تدخل نسيبة في كل مرة في جدال مع نجود حول الموضوع طلبت منها أن لا تفاتحها في الموضوع مرة أخرى، فقد أرادت أن تقضي الأيام القليلة المتبقية من رحلتها في هدوء وسلام إلى أن تسافر مرة أخرى..

الإصرار في غير محله

مرت ثمانية أشهر بعد عودة نسيبها إلى سويسرا ولكن نجود لم تتوقف عن ذكر ذلك الموضوع، بل وطلبت من والدتها أن تكلم نسيبة مرارا وتكرارا في موضوع سفر ابنها.

كانت تعتقد بأن نسيبة قد تخضع لهم ولإصرارهم كثيرا، وفي نفس الوقت كانت تفكر في طريقة أخرى لكي تستغل نسيبة أحسن استغلال.

لقد كانت الغيرة تتآكل قلبها وأرادت بشدة أن تحسن من مستواها لكي تصبح في نفس المستوى مع نسيبة ولكن ذلك لم يكن ليحدث إلا بمساعدة نسيبة لهم، وأيضا بإرسال أبنائها إلى الخارج.

لم يكن مستواهم المعيشي ليتحسن إلا إذا سافر أولادها إلى نفس البلد الذي سافرت إليه نسيبة، وان لم يحدث ذلك سوف يبقى الفرق شاسعا بينهما وترتفع نسيبة وتتدحرج هي إلى الحضيض.

لقد كانت ترى بان الغريب يعني المال والدولارات، والمال هناك هو حقا مال بينما الوقت هنا يمر ببطء والعمل لا يثمر إلا الجهد والتعب.

الوقت هناك يساوي مالا والوقت هنا يساوي الفراغ لقد كانت نجود تشعر بغيرة كبيرة من نسيبة ومن حظها في الحياة.

لطالما كانت تغار منها وقد تضاعفت تلك الغيرة بزواج نسيبة وتحسن حياتها.

ماذا عن الإنجاب؟

خلال زيارة نسيبة الثانية إلى بلادها وأهلها وقد كان زوجها حريصا على أن تزور أهلا مرة في السنة على الأقل حدث في هذه الزيارة أمر غريب.

لقد تظاهرت نجود مرة جديدة بان قلبها صاف تجاه أختها وجلست معها وتبادلتا حدث أخوات.

حوار دار بينهما وكأنها حقا حوار صادق بين أختين فقالت نجود لنسيبة ما يلي:

نسيبة لدي سؤال

نسيبة:

اسألي أي سؤال تريدين

نجود:

إنه سؤال خاص يا أختي وأخاف أن تغضبي

نسيبة:

اطرحي سؤالك ولا داعي للتردد لأنني لن أغضب منك

نجود:

لقد مر على زواجك عدة سنوات أكثر من خمس
سنوات أليس كذلك؟

نسيبة:

أجل.. وما هو السؤال؟

نجود:

حسنا سؤالي هو.. لماذا لم تنجبي؟

نسيبة:

زوجي لديه ابنتان وهو ليس مصرا على مسألة الإنجاب

نجود:

وماذا عنك أنت؟

نسيبة:

أنا أعاني من بعض الظروف الصحية

نجود:

ألا تعلمين بأنه لا يمكنك أن تمسكي بالرجل وتجعليه لك إلى الأبد إلا بإنجاب الأطفال

أليس كذلك يا أمي؟

الوالدة:

أجل طبعا، كانت والدتي تقول زمان

يجب أن تختاري أسماء أولادك قبل أن تختاري فساتين جهازك

لأن الرجل لا يعقل إلا بالأطفال

نسيبة:

الأمر ليس كذلك في بلاد الغرب

نجود:

لا تقولي كلاما تافها الرجل هو الرجل ولو اختف لسانه والمرأة هي المرأة والمرأة الكاملة هي التي تنجب

وإن لم تنجبي سوف ينظر إليك على أنه ينقصك شيء ما

أليس معي حق يا أمي؟

الوالدة:

كلامك صحيح ومعك حق

نجود:

أنظري إلي أنا فلو لم أنجب لنجيب زوجي الأولاد الذكور لما بقي معي كل هذه السنوات

نسيبة:

ولازلت مستمرة في الإنجاب لكي يستمر معك؟

أحمر وجه نجود وقالت وهي تبتسم:

لا أبدا

أنا لازلت أنجب إلى الآن لأنني أريد أن أنجب فتاة فطفلة في البيت سوف تجعل الحياة أسعد

ما رأيك يا أمي؟

الولادة:

معك حق يا نجود قد يتحجج زوجك بأنه ليس لديك طفلة فيحاول أن يتزوج غيرك

قالت نجود وأعلى صوتها:

أمي لا تقولي هذا الكلام، فنجيب لا يتجرأ على فعل ذلك

نسيبة:

ولكن لقد أخبرتكم بأنه لدي مشكل صحية

نجود:

لا عليك الطب تطور ولكل مشكلة حل

الولادة:

نعم طبعا كما أن الداية أم فريد تعرف الكثير عن هذه الأمور ويمكنني أن أطلب حضورها وسترين كيف أنها تصنع العجائب

نسيبة:

لا.. لا أعتقد ذلك حتى الطب في العالم الغربي لن يمكنه أن يفعل لي شيئا.

مشكلة الإنجاب

أخبرتهم نسيبة عن مشكلتها وعن العملية التي تعرضت لها، وقد كانت صريحة جدا ولأول مرة تصارحهم بكل ما مرت به في بلاد الغربة.

لم تكن متخوفة من قول كل تلك الحقائق ووضعها على الطاولة أمام والدتها وأختها التي تعلم بأنها لا تحبها إلى تلك الدرجة التي تجعلها شفافة أمامها.

وأخبرتهم بأنها لم تصارح زوجها بالأمر، لأنها لم تكن هناك مناسبة لقول الحقيقة له فهو لا يهتم بأمر الإنجاب وقد طرحه لمرة واحدة وعندما أخبرته بأنها لا تحبذ

الفكرة وأنها لا تريد أن تخسر جسدها المتناسق والجميل بسبب الحمل والولادة.

كما أنها قد أقنعته بان الحب هو ما يجمعهما، ولا داعي للاستعجال، ومنذ ذلك اليوم لم يعد فتح الموضوع معها.

بعد أن أخبرتهما بما أخبرتهما خافت الأم ونجود كثيرا على مستقبل نسيبة وظهرت الكثير من المخاوف التي وضعوها أمامها على الطاولة وتنبأتا بأنه سوف يتركها يوما ما لا محالة.

وربما يطلقها فقط لأنها كذبت عليه وأخفت حقيقة عدم قدرتها على الإنجاب.

لقد كان كلامهما سوداويا كثيرا وكل واحدة ترمي الكرة إلى الأخرى فتعيد الأخرى أرسلها إلى الأخرى.

وكان الاحتمال الآخر هو أنه لم يطلقها لكذبها سوف يموت في النهاية وترث ابنتاه كل شيء بينما تخرج هي من هذا الزواج صفر اليدين.

وهكذا أقنعت نجود ووالدتها نسيبة بموضوع الإنجاب وأنه أمر مهم جدا وعليها أن تتصرف وسريعا.

ولكن الأمر كان جنونيا هي تقول لهم بأنها غير قادرة على الإنجاب مطلقا وهما تقولان لها يجب أن تنجبي

فقال لها أختها:

يجب أن تفكري جديا في الموضوع

نسيبة:

ولكن لقد قلت لكما الأمر ليس بيدي

نجود:

لا تخافي لكل مشكلة حل

الوالدة:

أجل لكل مشكلة حلها وما عليك إلا أن تثقي في من لديه الحل المناسب

نجود:

الحل عندي أنا

لدي خطة لك، خطة محكمة ولا يمكن لأحد بأن يكشفها وسوف تخرجك هذه الخطة من المأزق الذي أنت فيه

الوالدة:

عزيزتي استمعي إلى أختك، إنها لا تريد إلا مصلحتك

نسيبة:

خطة.. وما هي؟

نجود:

اسمعيني جيدا تظاهري أنت بأنك حامل والعبي الدور
جيدا وسوف أحمل أنا بدلا عنك وأعطيك المولود

نسيبة:

لا.. لا يمكنني فعل ذلك

نجود:

ولما لا؟

نسيبة:

لا يمكنني أن أتظاهر بما ليس حقيقيا
لا يمكنني أن أكذب على زوجي

نجود:

أولست تكذبين عليه الآن؟

نسيبة:

ولكن أيضا لا يمكنني أن أفعل هذا بك أنت

نجود:

لا تقلقي.. أنا أقدم لك المساعدة

الوالدة:

يجب أن تقبلي مساعدة أختك، إنها أختك الوحيدة وتريد
مساعدتك لأنها تحبك

نسيبة:

وأنا أيضا أحبكما، ولكن الأمر يبدو صعبا

نجود:

لا تكوني هشة.. لا صعب ولا شيء

نسيبة:

لا اعرف.. أنا مترددة

الوالدة:

لا تترددي يا ابنتي الأمر في صالحك

نجود:

أجل والأمر سهل سوف أخبرك بكلما يجب عليك فعله

ولا توجد كذبة لا تنطلي على أي رجل

يجب أن تكوني أنثى وسوف تعرفين كيف يمكنك أن تلعبي الدور وسو ابذل قصارى جهدي وأساعدك

الوالدة:

حبيبتي وافقي لم تجدي من تعطيك فلذة كبدها وتسمح لك بان تأخذيه إلى بلاد الغرب

نسيبة:

أنا لا أريد أن احرم طفلا من أمه ولا أما من طفلها

نجود:

حبيبتي أنت أختي سوف تكونين أما لابني وأنا لا مانع
لدي فانا وأنت في الأخير أخوات

الحمل بطريقة غريبة

لقد اتفقت نجود مع نسيبة على كل التفاصيل وحتى أن نجود قد حددت لأختها الوقت المناسب لادعاء الحمل، وأيضا متى تخبره وكم شهرا تقول له بأنه قد مضى على حملها.

وقد أخبرتها بأنها سوف تتواصل معها كل أسبوع وسوف تشرح لها كلما يجب عليها التظاهر به وكلما يجب أن تخبر زوجها به من أعراض ومعاناة لكي يصدق الأمر ولكن بدون مبالغة لكي لا يجبها على الذهاب إلى الطبيب فيكشف أمرها.

وأخبرتها بان تجعل رحلتها لزيارتهم في الوقت المناسب للولادة لكي تعطيها المولود.

بل كان يجب أن تزورهم قبل الولادة بفترة لكي لا يمنعها زوجها من السفر بسبب الحمل واقتراب الولادة لأن بعض الرجال يكونون حريصين في مثل هذه الأمور.

لقد كان لدى نجود ستة أولاد ذكور ولازالت لا تكل ولا تمل من الحمل والولادة وترى بأن الأمر أسهل من قلي بيضة.

وقد كانت ظروفهم قاسية وهذا م جعل الوالدة تفاتح نسيبة في أمر آخر لقد طلبت منها أن تعطي أختها بعض المال لأنها تساعدها بدون مقابل.

ولكن الأمر بدى وكأن نجود هي من جعلت والدتها تطلب من نسيبة ذلك وكأنه المقابل من أجل الطفل.

لقد كانت فكرة ذكية لسحب بعض الأموال من نسيبة التي كانوا يرون بأنها غنية جدا ولا تجود عليهم إلا بالقليل القليل.

الابن المنتظر

حان الوقت الموعود وسافرت نسيبة إلى بلادها الأصلية في توقيت مناسب لكي تتزامن زيارتها مع ولادة نجود التي كانت حاملا بالفعل.

لقد كانت الخطة بأن تأتي نسيبة هذه المرة لوحدها وبدون زوجها وذلك لكي لا يكتشف خطتهم.

لقد كانت نسيبة ممثلة بارعة وأحسنت لعب الدور على زوجها، فصدق بأنها حامل بالفعل وقد كانت تنام في غرفة لوحدها وتتحجج بأن الوحام يجعلها تنفر منه،

ورغم غرابة الأمر بالنسبة له إلا انه قد صدقها ووافق على كل ما تقوله لسلامة الجنين.

كسبت نسيبة بالفعل بعض الوزن لكي يصدق بأنها حامل وكانت تسير بطريقة تتظاهر بأنها حامل فتضع يدها على ظهرها وتنام كثيرا وتأكل كثيرا وأمور أخرى.

ولكن...

ولكن عندما ولدت أختها نجود أنجبت طفلة، وهي لم تكن تتوقع ذلك، لقد تعودت على إنجاب الذكور.

لقد كانت نجود تنتظر إنجابها لطفلة منذ مدة طويلة جدا وبلهفة، فترددت وفكرت للحظة بأنه لا يجب عليها أن تعطي ابنتها إلى أختها نسيبة فهي غير مجبرة على فعل ذلك.

لكن الوالدة كانت في وعيها وعلمت بان الولادة قد أثرت على عقل ابنتها نجود وربما ولادة الطفلة جعلها

تتردد لذا فقد حاولت أن تجعلها تعود إلى رشدها لكي تتم الصفقة على خير ما يرام.

وبعد أزمة صغيرة وبعض الضغوطات عادت المياه إلى مجاريها وعادت نجود إلى عقلها عندما ذكرتها والدتها بكلما فكرتا في كسبه من جراء إعطاء نسيبة الطفل أو الطفلة.

لقد أقنعتها والدتها بأن ابنتها سوف تحيا حياة رائعة مع خالتها على عكس الحياة هنا معها.

وسوف تتحصل الطفلة على الجنسية الإيطالية والسويسرية نسبة لوالدها الإيطالي الذي لديه الجنسيتين.

وسوف تقيم ابنتها في سويسرا التي تحلم بها هي وأولادها الذكور.

لقد كانت الحظوظ قوية للطفلة مع خالتها مقارنة مع الحياة مع والدتها.

كما أن نسيبة سوف تدفع لهم ثمنا كبيرا مقابل الطفلة، وبعد استلامها، فقد كان هناك مبلغ متفق عليه، ويمكنهم طلب المزيد دائما.

كما أن والدتها قالت لها:

سوف تبقى هذه الطفلة ابنتك دائما وسوف تعود إلى أحضانك يوما.

صدقيني.

هات الطفلة لكي أعطيها الى خالتها سوف تبقى دائما نسيبة مجرد خالتها وغريبة عنها حتى وإن نادتها أمي فهي ليست من لحمها ودمها.

وقالت بعد أن حملت الطفلة بين يديها:

اسمعي يا نجود سوف تصبح هذه الطفلة مصدر عز لك ولأولادك، ولأن أختك لم تساعدك فان ابنتك يمكنها فعل ذلك

سوف تساعدك هذه الطفلة وسوف تساعد إخوتها
الذكور.

ابنة مثل الحلم

تحصلت نسيبة على الابنة التي حلمت بها وتمنتها وانتظرتها لعدة أشهر رغم أنها لم تكن تعلم بأنها طفلة، وسعد زوجها بسماع خبر ولادتها بالطفلة التي كان متشوقا لمعرفة نوع الجنين لكن نسيبة أخبرته بأن يتركوا الأمر للقدر وحتى يوم الولادة.

ولأن الرجل الإيطالي لديه ابنتان لم يستغرب إن كان المولد طفلة ولكن في الحقيقة لم يكن لديه فرق بين طفل وطفلة.

وهكذا سافرت نسيبة إلى زوجها مع طفلتها وهي سعيدة جدا.

لقد بدأت السعادة وأصبحت حياتها مليئة بالمرح وضحكة الصغيرة التي جعلت حياتهم بالفعل أسعد.

لقد تغيرت حياة نسيبة إلى الأحسن ولكن حصل أمر آخر.

لقد تغيرت نسيبة أيضا ولم تعد تنزل إلى البلد كثيرا وأصبحت السنوات تمر وهي لا ترجع بالطفلة إلى نجود لكي تراها

السبب في إعراضها عن العودة إلى بلدها كما كانت تفعل في العادة هو أنها رأت بان علاقة نجود بابنتها كانت علاقة غريبة فنجود تحاول أن تؤثر على الابنة وربما تحاول أن تجذبها إليها أكثر.

لقد أصبحت نسبة تخاف على ابنتها من أختها نجود،
وأيضا تخاف من أن يفضح الأمر.

لقد كانت تشعر بأن أختها تؤثر على الطفلة كثيرا
وتجذبها إلى صفها.

كان الخوف من أن تشوش نجود أفكار الطفلة وربما
هي تخبرها بأمور لا يجب على الطفلة معرفتها.

قد تختلط مشاعرها وقد تصارحها نجود بالحقيقة وربما
تفكر في استرجاعها، لذا قررت أن لا تزورهم كثيرا.

لكن نجود غضبت لتصرفات نسيبة وأصبحت تهددها
بأنه إن لم ترى ابنتها مرة واحدة في السنة على الأقل
سوف تقول الحقيقة وتفضح الأمر لزودها الإيطالي
الذي لن يتردد في الزج بها في السجن.

هكذا خضعت نسيبة لنجود واتفقت معها على الزيارة
مرة في السنة لكي تحضر لها ابنتها لكي ترها.

إلا أن نجود كانت بالفعل ذكية، وعرفت بان نسيبة سوف تكسب الابنة لصالحها بلعب دور الأم الحنونة عليها وبالهدايا والألعاب وكل ما إلى ذلك.

ومن أجل أن تفوز نجود في المعركة فقد صارحت ابنتها بالحقيقة لكي تكسبها إلى صالحها، وكانت تجذبها إلى طرفها كثيرا.

لقد كان لنجود الكثير من التوصيات لابنتها الصغيرة التي كانت بالفعل تحب نجود أكثر من حبها لنسيبة، كما أنها كانت تطيعها وتنفذ كل أوامرها بلا نقاش.

لقد جعلت نجود الطفلة تميل إلى والدها الإيطالي وأخبرتها بأنه يحبها أكثر من نسيبة وعليها أن تبادلها الحب وان تتمسك به أكثر من نسيبة.

لقد أصبحت هناك الكثير من المشاحنات بين نسيبة والطفلة التي لم تعد تسمع كلامها وأصبحت تختلق

الكثير من المشاكل وتلجأ إلى والدها وتحرضه على نسيبة.

لقد كانت تخبره بان والدتها لا تحبها، وكلام من هذا القبيل.

عقوق الابنة

حدثت الكثير من الأمور السيئة بين نسيبة والطفلة قبل أن تدخل الطفلة إلى المدرسة.

وبمجرد أن دخلت إلى المدرسة أصبحت نسيبة لا تنزل إلى البلد وتتحجج بأن للطفلة دراسة وهم مشغولون كثيرا،وهذا ما جعل الطفلة تحقد على نسيبة وتصارحها بأنها تكرهها.

لم يكن كلام الطفلة نابع من الفراغ بل كانت نجود تكلهما كل يوم في الهاتف وتخبرها بأمور سيئة عن

نسيبة، فمثلا كانت تخبرها بأن نسيبة تحرمهما من بعضهما.

لقد كانت الأحقاد تنمو في قلب الصغيرة التي لم تجد ما يشفي غليلها إلا أن تجعل والدها في صفها ضد نسيبة وأحسن طريقة هي الكذب وتلفيق التهم لها.

عندما وصل الأمر إلى الضرب فقد أخبرت الطفلة والدها بان نسيبة تضربها عندما لا يكون في البيت، وقد صدقها.

كيف لرجل أن لا يصدق ما تقوله كفلته الصغيرة والبريئة.

لم يصل الأمر إلى الضرب ولكن الطفلة كانت تستفز نسيبة بالفعل وتقوم بأشياء سيئة كثيرة وتجعلها تغضب منها كثيرا ولا تنفذ كلامها ولا تطيعها أبدا.

لقد كانت طفلة شقية وسيئة الأخلاق مع نسيبة وبريئة ووديعة مع والدها وخاضعة مطيعة مع نجود.

لم تكن طفلة بريئة في سنها هذه بل كانت اكبر من عمرها بكثير، ولديها الكثير من الأسرار والخطط.

فقدان الثقة

عندما بلغت الأمر ذلك الحد واجه الرجل الإيطالي نسيبة وهددها بأنها إذا تجرأت وضربت ابنته الصغيرة مرة أخرى فانه سوف يتصرف تصرفا حاسما ولن يتساهل معها.

لقد أخبرته الطفلة بان نسيبة تكرهها ولا تحبها وأنها امرأة متسلطة وظالمة وهي تضربها في غيابه باستمرار

لقد كانت الطفلة ذكية فتظاهرت بأنها تخاف من نسيبة وأنها تعاني من أزمة نفسية.

وبعد مدة من التخطيط طبعا من نجود وابنتها الصغيرة قامت الطفلة بخطوتها النهائية وقدمت لنسيبة الضربة القاضية.

لقد سقطت الطفلة من على السلالم ولكنها أخبرت والدها بان نسيبة كانت غاضبة منها لأنها قد لطخت فستانها وهي تتناول الطعام لذا فقد صرخت عليها ثم طاردتها في البيت لكي تضرها وعندما وجدتها في أعلى السلم دفعتها من أعلى السلم بسابق الإصرار والترصد.

في البداية لم يصدق الرجل الإيطالي واعتبر بأن الطفلة ربما من خوفها من نسيبة فهي تبالغ ولكن الطفلة أخبرته بأن نسيبة قد هددتها بفعل ذلك عقابا لها.

صدم الرجل الإيطالي واستغرب تصرفات زوجته ولكنه ولأجل حماية ابنته قرر أن يزج بنسيبة في

مصحة نفسية لكي تتصالح مع نفسها وتتخلص من المرض الذي تعاني منه.

وبعد ذلك قرر أن يطلقها حماية لابنته.

انتقام الحقد الدفين

وهكذا حققت نجود انتقامها من نسيبة وذلك بواسطة الطفلة، وقيت نسيبة في المصحة لفترة طويلة لأنها لم تعترف بأخطائها وكانت مصرة على أن الطفلة الصغيرة التي دخلت المستشفى بسبب أن دفعتها هي عن السلم تكذب وهي من لقفت كل تلك الأكاذيب.

لم يصدق كلام نسيبة أحد، لا الأطباء ولا الممرضون.

وكلما أنكرت كل شي كلما تأكد الأطباء بأنها لازالت مريضة ولم تتحسن.

وبعد مرور بعض السنوات، تمكنت الطفلة التي اقتربت من بلوغ سن أربعة عشر عاما والدها بان يحضر خالتها إلى هنا لكي تقيم معهم لأنها تعاني من الوحدة ولا عائلة لديها وهي تحب خالتها كثيرا.

في تلك المرحلة أصبحت نجود أرملة ولم ير الرجل الإيطالي أي مانع من إحضار الخالة للاعتناء بالطفلة وأيضا أن لم يكن لديها مانع.

لقد كان يعلم بان نجود تحب الطفلة وربما أكثر من نسيبة التي ربما كانت تغار من الصغيرة ولكن نجود تختلف لأنها قد أنجبت الكثير من الأولاد وعاشت إحساس الأمومة ولم يجعلها تتغير مثلما تغيرت نسيبة بإنجاب طفلة واحدة.

تم إحضار نجود في عيد ميلاد الطفلة الرابع عشر وكمفاجأة لها وقد شعرت بسعادة كبيرة وقبلت والدها العزيز كثيرا وأخبرته بأنه أفضل أب في العالم.

لقد جاءت نجود لوحدها وبدون أطفالها لأن الرجل الإيطالي طلب حضورها ولم يعرض عليها أن تحضر الستة أولاد معها ولكن هي لم يكن لديها أي مانع لأنها تعلم جيدا بان كل شيء هو جيد في وقته المناسب ولا داعي للعجلة.

الصبر يحقق الأحلام.

تركت نجود أولادها مع والدتها التي كانت في تلك المرحلة مريضة.

وبعد فترة من الزمن تمكنت نجود من إيقاع الرجل الإيطالي في شباكها فتزوجت به من أجل أن ترعى ابنته، وخاصة لشدة تعلق ابنته بنجود.

بعد أن حققت نجود ذلك الانتصار تمكنت من إحضار كل أولادها إلى سويسرا بينما توفيت والدتها في تلك الفترة، وكانت حريصة على إبقاء أختها في المصحة إلى الأبد.

Sommaire